松本みく

デイジー・メドウズ 作　田内志文 訳

RAINBOW magic
レインボーマジック

23

ガーネットの妖精《フェアリー》

スカーレット

レイチェルは、
ゴブリンの手《て》がとどくよりもはやく、
大切《たいせつ》な宝石《ほうせき》をほうりなげました。
「スカーレット、いったわよ!」

ガーネットの妖精《フェアリー》
スカーレット

ムーンストーンの妖精《フェアリー》
インディア

エメラルドの妖精《フェアリー》
エミリー

トパーズの妖精《フェアリー》
クロエ

アメジストの妖精《フェアリー》
エイミー

サファイアの妖精《フェアリー》
ソフィ

ダイヤモンドの妖精《フェアリー》
ルーシー

Rachel Kirsty

Jack Frost

ジャック・フロスト

氷《こおり》のお城《しろ》に住《す》んでいる妖精《フェアリー》。
人間《にんげん》の世界《せかい》にちらばった宝石《ほうせき》が、
妖精《フェアリー》たちにとりもどされないように
邪魔《じゃま》をします。

レイチェルとカースティ

妖精《フェアリー》たちと友《とも》だちの、なかよしのふたり。
魔法《まほう》の宝石《ほうせき》をとりもどす
おてつだいをすることに!

Mrs Johnson

Goblin

ゴブリン

みにくい顔《かお》と、
おれ曲《ま》がった鼻《はな》をしている、
ジャック・フロストの手下《てした》。

ジョンソンさんの奥《おく》さん

バターカップ農場《のうじょう》に住《す》んでいる奥《おく》さん。

Buttons and Cloud

ボタンとクラウド

毛《け》むくじゃらのレイチェルの犬《いぬ》と、
白《しろ》と黒《くろ》のシープドッグの、
ジョンソンさん家《ち》の犬《いぬ》。

もくじ

Jack Frost's Ice Castle
ジャック・フロストの氷《こおり》のお城《しろ》
チェリーウェル村《むら》
Cherrywell Village
FANCY DRESS
イチェルの家《いえ》
かかし
Scarecrow
バターカップ農場《のうじょう》
Chestnut Tree
くりの木《き》

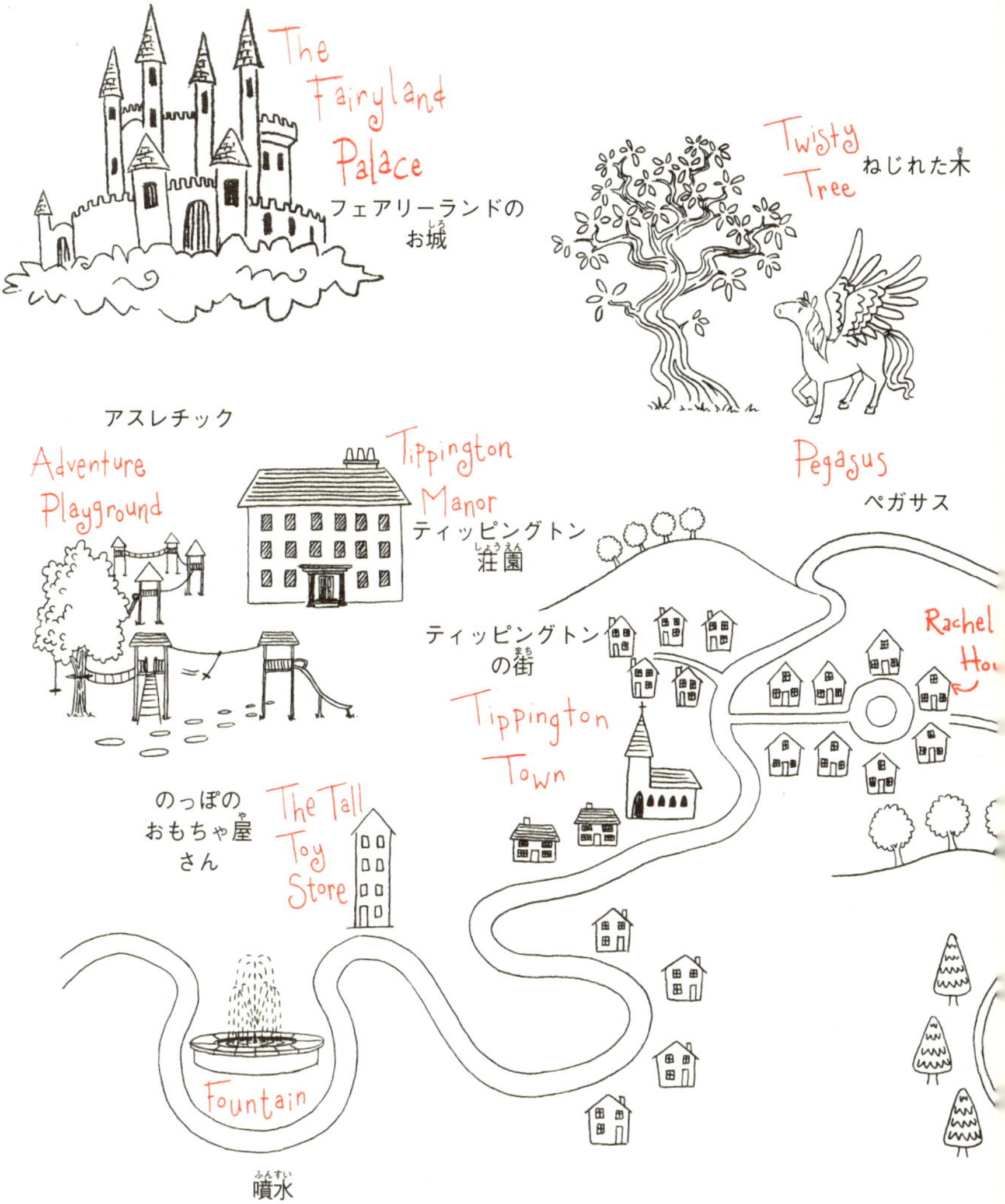
The Fairyland Palace
フェアリーランドのお城《しろ》
Twisty Tree
ねじれた木《き》
アスレチック
Adventure Playground
Tippington Manor
ティッピングトン荘園《しょうえん》
Pegasus
ペガサス
ティッピングトンの街《まち》
Tippington Town
Rachel
のっぽのおもちゃ屋《や》さん
The Tall Toy Store
Fountain
噴水《ふんすい》

スー・モングレディエンに感謝をこめて

RAINBOW MAGIC-JEWEL FAIRIES #2 SCARLETT THE GARNET FAIRY by Daisy Meadows

First published in Great Britain in 2005 by
Orchard Books, 338 Euston Road, London NW1 3BH

Japanese translation rights arranged with HIT Entertainment Limited
through Owls Agency Inc.

つめたい氷《こおり》の魔法《まほう》をかけて
燃《も》える光《ひかり》の七《なな》つの宝石《ほうせき》を消《け》してしまうぞ。
魔法《まほう》の力《ちから》がなくなれば
わしの氷《こおり》のお城《しろ》もとけだすまい。

妖精《フェアリー》どもは宝石《ほうせき》を見《み》つけ
もちかえろうと探《さが》しまわるだろう。
だがゴブリンどもをつかわして
いっぱい邪魔《じゃま》をしてやるぞ。

第《だい》1章《しょう》

農場《のうじょう》のお散《さん》歩《ぽ》

「さあ、おきて、おきて！」

レイチェル・ウォーカーは、友《とも》だちのカースティがねているベッドのはしっこで、飛《と》びはねながらさけびました。

カースティ・テイトは、十月《じゅうがつ》の中休《なかやす》みをすごすためにレイチェルの家《いえ》にとまりにきていて、レイチェルは、ほんの一秒《いちびょう》だってむだにしたくないのです。

カースティは、あくびをしながらのびをしました。

「せっかく最高《さいこう》の夢《ゆめ》を見《み》ているところだったのに」

と、ねむそうにいいました。

「ティタニア女王《じょおう》がわたしたちに、宝石《ほうせき》の妖精《フェアリー》たちをてつだって、彼女《かのじょ》のティアラからぬすまれた七《なな》つの宝石《ほうせき》を見《み》つけだしてほしいって……」

カースティはだんだん声《こえ》を小《ちい》さく落《お》とし、目《め》を大《おお》きく見開《みひら》きました。

「あれって夢《ゆめ》じゃない、よね？」

カースティが、ぎこちないようすですわりながらいいました。

「わたしたちきのう、ほんとうにムーンストーンの妖精《フェアリー》インディアに会《あ》ったのよね！」

レイチェルはほほえみながらうなずきました。

「そのとおり」

レイチェルが答《こた》えます。

カースティとレイチェルには、すごい秘密《ひみつ》がありました。

ふたりは妖精《フェアリー》たちと友《とも》だちなのです！

これまでふたりはずっと妖精《フェアリー》たちとすごいぼうけんをしてきました。

そしてまた、妖精《フェアリー》たちに危機《きき》がせまっています。

ずるがしこいジャック・フロストが、妖精《フェアリー》の女王様《じょおうさま》のティアラから、七《なな》つの魔法《まほう》の宝石《ほうせき》をぬすんでしまったのです。

なんとか宝石《ほうせき》を自分《じぶん》のものにしようとしたのですが、とにかく宝石《ほうせき》がもつ魔力《まりょく》が大《おお》きすぎるせいで、氷《こおり》のお城《しろ》がとけだしてしまったのでした。

そして怒《おこ》ったジャック・フロストは、宝石《ほうせき》たちをほうりなげて、どこかになくしてしまったのです。

オベロン王《おう》とティタニア女王《じょおう》は、レイチェルとカースティに、宝石《ほうせき》たちをフェアリーランドにとりもどすてつだいをしてほしいとたのみました。

きのう、ふたりはムーンストンの妖精《フェアリー》インディアといっしょに、魔法《まほう》のムーンストーンをとりもどしました。

けれども、まだ宝石《ほうせき》は六《むっ》つものこっています。

「ムーンストーンを無事《ぶじ》にとりもどすことができてよかったわね」

レイチェルがいいました。

「きのう、すごくすてきな夢《ゆめ》を見《み》たの。つまり、インディアの夢《ゆめ》の魔法《まほう》がまたもどってきたっていうこと」

妖精《フェアリー》の王様《おうさま》と女王様《じょおうさま》はふたりに、ティタニア女王《じょおう》のティアラからぬすまれた宝石《ほうせき》たちは、もっともたいせつな妖精《フェアリー》の魔法《まほう》をあやつっているのだと教《おし》えました。

毎年一度《まいとしいちど》、特別《とくべつ》な行事《ぎょうじ》が開《ひら》かれます。

そこで妖精《フェアリー》たちは、ティアラからわきだす泉《いずみ》に杖《つえ》をひたして、中《なか》に魔力《まりょく》をためこむのです。

しかし、ジャック・フロストはその行事《ぎょうじ》まであと少《すこ》しというときになって、宝石《ほうせき》たちをぬすんでしまったのでした。

それはつまり、妖精《フェアリー》たちにのこされている魔法《まほう》はあとほんのわずかしかないということなのです。

「妖精《フェアリー》たちの魔法《まほう》が消《き》えちゃう前《まえ》に、なんとかしてほかの宝石《ほうせき》もとり返《かえ》さなくちゃ」

カースティが、てきぱきと着《き》がえながらいいました。

「きっと、今日《きょう》にでも次《つぎ》の宝石《ほうせき》が見《み》つかるはずよ！」

レイチェルもはりきってうなずくと、ふたりは朝《あさ》ごはんを食《た》べるために、いそいで下《した》におりていきました。

ざんねんなことに、午前中《ごぜんちゅう》はずっと小雨《こさめ》がぱらぱらとふっていて、宝石《ほうせき》も妖精《フェアリー》も、姿《すがた》を見《み》せようとはしませんでした。

けれど、お昼《ひる》ごはんをすませるころになると、雲《くも》が姿《すがた》を消《け》し、青空《あおぞら》とお日《ひ》さまが顔《かお》をのぞかせはじめました。

「いっしょにバターカップ農場《のうじょう》にいかない？」

レイチェルのママが、お昼《ひる》ごはんの後《あと》かたづけをしながらいいました。

「お茶《ちゃ》のために、お野菜《やさい》とたまごがほしいのよ。それにふたりとも、新鮮《しんせん》な空気《くうき》がひつようって顔《かお》してるしね」

「いく！」

レイチェルが、カースティにわらいかけながらいいました。

ママに見《み》られていないところでいのります。

「もしかしたら、宝石《ほうせき》が見《み》つかるかも」

レイチェルがひそひそといいました。

何分《なんぷん》かしてから、ふたりとレイチェルのママは、農場《のうじょう》にむけて道《みち》を歩《ある》きはじめました。

しげみのにおいをクンクンとかぎまわりながら、レイチェルの家《いえ》の犬《いぬ》、ボタンが楽《たの》しそうについてきます。

「この子《こ》、農場《のうじょう》が大好《だいす》きなのよ」

レイチェルがポンポンとボタンをたたきながら、カースティにいいました。

「ジョンソンさん家《ち》にいる、シープドッグのクラウドとはおたがい小犬《こいぬ》のころから大《だい》のなかよしで、顔《かお》をあわせると手《て》がつけられないほどはしゃいじゃうんだから。ね、そうでしょボタン？」

「ワン！」

ボタンは、まるで「そうだよ」と答《こた》えるみたいにほえてみせました。

歩《ある》いていくと、カースティの目《め》におかしなものが飛《と》びこんできました。

「あれを見《み》て」

木《き》の根本《ねもと》に生《は》えている赤《あか》と白《しろ》のキノコを指《ゆび》さしながら、カースティがいいました。

「まるで、フェアリーランドにたっている家《いえ》みたいだと思《おも》わない？」

レイチェルがうなずきます。

「ほんとだ。今日《きょう》もまた妖精《フェアリー》に会《あ》えるかもしれないね、カースティ！」

レイチェルがいいました。

カースティは、楽《たの》しそうに落《お》ち葉《ば》をふみしめながら歩《ある》いていきます。

「ティタニア女王《じょおう》がいつもいっている言葉《ことば》、おぼえてるわよね」

レイチェルのママがかがんで、ボタンのリードをはずしてやっているあいだに、カースティはささやきました。

「魔法《まほう》を探《さが》してはいけません……」

「魔法《まほう》があなたたちを見《み》つけてくれるから！」

レイチェルがつづきをいいました。

カースティは、レイチェルとうでを組《く》みました。

「でも、探《さが》さないのってけっこうむずかしいのよね」

カースティがいいました。

「だって、いつ次《つぎ》の妖精《フェアリー》に会《あ》えるのかずっと考《かんが》えちゃうんだもの。そして、その妖精《フェアリー》はだれなんだろうって！」

「さあ、すぐそこよ」

レイチェルのママがそういうと、みんなは道《みち》をおれて、長《なが》い小道《こみち》へと入《はい》っていきました。

その道《みち》の終《お》わりに、石《いし》でできた古《ふる》い農家《のうか》がたっていました。

かわいらしいわらの屋根《やね》。

エントツからはもくもくと、木《き》を燃《も》やしているけむりがたちのぼっています。

女《おんな》の人《ひと》が、ほほえみながら玄関《げんかん》のドアをあけました。

「こんにちは」

彼女《かのじょ》があたたかくむかえます。

「みなさん、どうぞ中《なか》へ。あら、ボタンもいっしょなのね。クラウドがよろこぶわ」

「この子《こ》は友《とも》だちのカースティよ。いま、うちにとまりにきているの」

レイチェルがいいました。

「カースティ、この人《ひと》はジョンソンさんの奥《おく》さんよ」

「はじめまして」

カースティがジョンソンさんの奥《おく》さんに笑《え》顔《がお》を返《かえ》しながらいいました。

「はじめまして、カースティ」

みんなをお日《ひ》さまのさしこむキッチンに案内《あんない》しながら、ジョンソンさんの奥《おく》さんがいいました。

「ちょうど、プラムの木《き》から最後《さいご》の実《み》をつんできたところなの。食《た》べてみない?」

「わあ、ぜひ」

ふたりは声《こえ》をあわせていいました。

みんなが中《なか》に入《はい》っていくと大《おお》きななき声《ごえ》がして、白《しろ》と黒《くろ》のシープドッグ、クラウドがでてきて、みんなの足《あし》もとをぐるぐるかけまわりました。

ボタンがおなじくらいの大声《おおごえ》でなきな

がら、うれしそうにそれをおいかけます。

「この子《こ》たちをお散歩《さんぽ》につれていってもいい？」

ボタンが、たまごの入《はい》ったバスケットをしっぽでひっくり返《かえ》そうにしているのを見《み》て、レイチェルがさっとたずねました。

「それはいいわね」

ジョンソンさんの奥《おく》さんは、ふたりに両手《りょうて》いっぱいのプラムをわたしていいました。

そして、ドアからでていこうとしているふたりにむかって、

「ああ、そう」

と、声《こえ》をかけました。

「気《き》をつけてほしいのだけど、うちの人《ひと》、いまちょっときげんがわるいの。新《あたら》しいみどり色《いろ》のトラクターがなくなっちゃって、あの人《ひと》、近《ちか》くの子《こ》どもたちがのっていっちゃったんだと思《おも》っているのよ」

ジョンソンさんの奥《おく》さんが、ふたりにウインクをしてみせました。

「だからもし見《み》かけても、きげんがわるそうにしていたら無《む》視《し》してあげてちょうだいね」

ふたりはうなずくと、ボタンとクラウドをおいかけて玄関《げんかん》をでて、野原《のはら》へと歩《ある》いていきました。

すると、クラウドがうれしそうな顔《かお》をして、ふたりのほうにかけもどってきました。

そして、なにかを足下《あしもと》に落《お》としました。

「これなに？」

カースティは、拾《ひろ》いあげようとして体《からだ》をかがめながらいいました。

「わあ、見《み》て、レイチェル」

彼女《かのじょ》がいいました。

「ちっちゃいおもちゃのトラクターだわ」

そういってカースティはわらいます。

「なくなっちゃったトラクターのかわりにジョンソンさんにあげてみよっか」

レイチェルがわらいました。

「きっと気《き》にいらないわよ」

カースティが答《こた》えます。

「もしかしたらだれかが探《さが》しにくるかもしれないから、ここにおいといてあげましょう」

カースティは、芝生《しばふ》がたいらになった、見《み》つかりやすいところにトラクターをおきました。

立《た》ちあがりながら、ふと、彼女《かのじょ》はなんだかみょうなぴかぴか光《ひか》る石《いし》がころがっているのに気《き》がつきました。

「あれって石《いし》かなあ？」

カースティがとまどったような声《こえ》でいいました。

レイチェルはふり返《かえ》ると、カースティが指《ゆび》さしているほうを見《み》てみました。

野原《のはら》のすみにたっているくりの木《き》の下《した》に、なにか茶色《ちゃいろ》いものがいくつかころがっています。

「変《へん》ね」

レイチェルがまゆをしかめます。

「こんなのここにあったかしら。近《ちか》くにいって見《み》てみよう」

カースティとレイチェルは、くりの木《き》にむかってかけだしました。

カースティの見《み》つけた不思議《ふしぎ》なものは、だいたいサッカーボールくらいの大《おお》きさと形《かたち》をしていて、つやつやしたチョコレート色《いろ》でした。

「うーん、石《いし》じゃないみたい」

カースティが、そのうちのひとつをさすりながらいいました。

手《て》のひらでなでると、とてもすべすべしているのです。

「なんだか……おっきいくりみたい！」

レイチェルは、不思議《ふしぎ》そうにぽんぽんとたたいてみました。

「うん、たしかにくりに似《に》てるわね」

レイチェルがうなずきます。

「でも、こんなおっきいくりだなんて、聞《き》いたこともないわ」

カースティが答《こた》えるよりも先《さき》に、ボタンがこうふんしたようにほえながら飛《と》びあがりました。何《なん》メートルか野原《のはら》をかけもどると、夢中《むちゅう》でクンクンとかぎまわってからまたほえます。

レイチェルは、いったいなにがあるんだろうと思《おも》って近《ちか》づいてみました。

「カースティ、はやく！」

レイチェルが目《め》を丸《まる》くしてさけびます。

「このひつじたちを見《み》て！」

「ひつじ？」

カースティは、不思議《ふしぎ》そうに首《くび》をひねりながら、レイチェルのところに走《はし》ってきました。

ひつじの姿《すがた》なんてどこにも見《み》えないのですが、レイチェルのそばにいくと、たしかに小《ちい》さな声《こえ》が聞《き》こえます。

「メエエエエエ！」

レイチェルが足下《あしもと》の芝生《しばふ》を指《ゆび》さし、カースティの目《め》がそれをおいかけます。

「ちっちゃいひつじだ！」

カースティがおどろいてさけびました。

「どうしちゃったの！　これ、本物《ほんもの》かしら？」

足下《あしもと》にいたのは、カースティもレイチェルも見《み》たことがないような、小《ちい》さい小《ちい》さいひつじたちの群《む》れだったのです。

ネズミくらいの大《おお》きさのひつじ！

サッカーボールくらいの大《おお》きさのくり！

いったい、なにがおこっているというのでしょうか？

レイチェルの目《め》がきらりと光《ひか》りました。

「たしかに魔法《まほう》のにおいがするわ」

彼女《かのじょ》が息《いき》をすいこみます。

「きっとどこか近《ちか》くに、次《つぎ》の魔法《まほう》の宝石《ほうせき》があるんだ」

カースティが、ぞくぞくと胸《むね》をおどらせながらいいました。

ふたりは、いそいで犬《いぬ》たちにリードをつけて柵《さく》につなぎとめました。

これで小《ちい》さなひつじたちも安全《あんぜん》です。

すると、レイチェルがカースティのうでをにぎりました。

「カースティ！」

レイチェルがひめいをあげます。

「見《み》て！」

ふたりが目《め》をこらしました。

目《め》の前《まえ》に立《た》っているくりの木《き》から、大《おお》きな金色《きんいろ》の葉《は》っぱがひらひらとまい落《お》ちてきます。

そしてそこには、まるで魔法《まほう》のじゅうたんでもあるかのように、小《ちい》さな妖精《ようせい》がほほえみながらすわっているではありませんか。

第《だい》2章《しょう》

赤《あか》い光《ひかり》

「きゃっほー！」

妖精《フェアリー》が息《いき》を切《き》らしてさけびました。

「こんにちは、ふたりとも！」

金色《きんいろ》の葉《は》っぱが地面《じめん》にふわりとおりるのを見《み》て、カースティもレイチェルもうれしくてわらいだしてしまいました。

妖精《フェアリー》はさっと飛《と》びおりると、くるくるっと空中《くうちゅう》にまいあがりました。

すごいはやさでぱたぱたとはばたくので、彼女《かのじょ》の羽《はね》はまるで青《あお》い光《ひかり》のように見《み》えました。

カールした深《ふか》い茶色《ちゃいろ》のかみの毛《け》をして

いて、すそが前《まえ》であわさったところにかわいらしい花《はな》のかざりがついた、スカーレット色《いろ》のドレスを着《き》ています。

小《ちい》さなくつは、お日《ひ》さまの光《ひかり》にピカピカとかがやいています。

「ガーネットの妖精《フェアリー》、スカーレットだわ」

レイチェルが、すぐに思《おも》いだしていいました。

「こんにちは、スカーレット」

「そうだわ！」

カースティが手《て》をたたきます。

オベロン王《おう》がふたりにいったことを思《おも》いだしたのです。

「ガーネットは、ものを大《おお》きくしたり小《ちい》さくしたりする魔法《まほう》をもっているんだったわね！」

カースティがいいました。

「だから、くりがあんなにおっきく……」

「そしてひつじはあんなに小《ちい》さく」

レイチェルがほほえみながらつづけていいました。

「そのとおり」

スカーレットがいいました。

さっと杖《つえ》をふりましたが、杖《つえ》からは、ぱらぱらとほんの少《すこ》しだけ赤《あか》い光《ひかり》がちっただけでした。

カースティは、光《ひかり》がぱらぱらと草《くさ》の中《なか》に落《お》ちていくのをながめました。

「ざんねんなことに、あの石《いし》がないと元《もと》の大《おお》きさにもどす魔法《まほう》が使《つか》えないのよ」

スカーレットはかなしげな顔《かお》でいいました。

「いろんなものの大《おお》きさがかわっちゃう前《まえ》に、ガーネットを見《み》つけなくっちゃ」

スカーレットは飛《と》んでくると、カースティの肩《かた》にまいおりました。

「インディアから聞《き》いたんだけど、ふたりともきのう、ジャック・フロストのゴブリンたちとやりあったんですって」

と、スカーレットがぶるぶるとふるえながらいいました。

「ゴブリンたちがやってくる前《まえ》に、ガーネットを探《さが》しだしてしまいましょう」

「うん、すぐにはじめよう」

レイチェルがぱっと答《こた》えると、カースティもうなずきました。

「ありがとう」

スカーレットがほほえみながら答《こた》えました。

「あたしはむこうの野菜畑《やさいばたけ》から見《み》てみるわ」

「じゃあ、わたしたちはこっちの野原《のはら》から」

カースティがいいました。

「レイチェル、いこう」

ふたりは草原《そうげん》を歩《ある》きだすと、どこかにガーネットが落《お》ちていないか草《くさ》のあいだを探《さが》してまわりました。

ほし草《くさ》の山《やま》のそばを通《とお》りかかったとき、ふと、とても不思議《ふしぎ》なことがおこりました。

「なんだか足《あし》がぞくぞくする！」

カースティがはっとしました。

「小《ちい》さくなってるんだ！」

レイチェルが、だんだんせまってくる地面《じめん》を見《み》てさけびました。

これまでにも妖精《フェアリー》の大《おお》きさになったことはたびたびありますが、いつも決《き》まってそのときにはかわいらしい羽《はね》がはえていたのです！

しかし、今回《こんかい》はちがいます。

ほし草《くさ》の山《やま》はあっという間《ま》に高《たか》い山《やま》のようにそびえたち、草《くさ》も胸《むね》くらいの高《たか》さになってしまいました。

「これがガーネットの魔法《まほう》だとしたら、きっと近《ちか》くにあるんだわ」

カースティがいいました。

「スカーレット！　ねえ、スカーレットったら！」

レイチェルが、スカーレットに聞《き》こえないかと声《こえ》をはりあげました。けれど、彼女《かのじょ》の声《こえ》もまた小《ちい》さくなっていたので、スカーレットにはとどかないようです。

「レイチェル、ほし草《くさ》のてっぺんを見《み》て」

カースティが上《うえ》を指《ゆび》さしながらさけびました。

「赤《あか》く光《ひか》ってる！」

レイチェルもすぐに見《み》あげてみると、たしかにてっぺんでなにかが深《ふか》い赤《あか》の光《ひかり》をはなっているようです。

「きっとガーネットだよ！」

レイチェルが大声《おおごえ》でいいました。

「のぼっていって、スカーレットにとりもどしてあげよう」

「そうしましょ」

カースティがうなずきます。

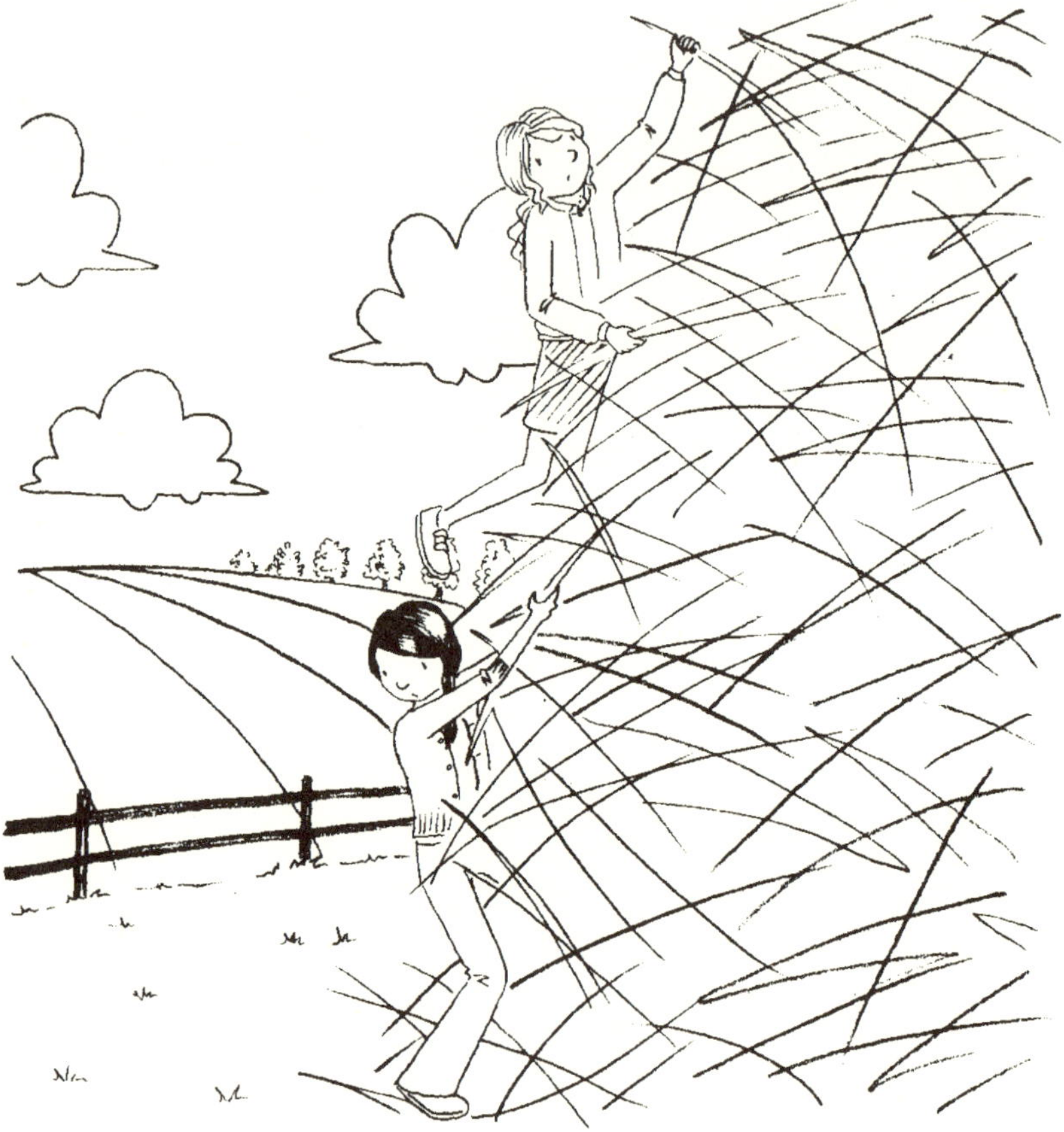

ふたりは、ほし草《くさ》の山《やま》にのぼりはじめました。

とても急《きゅう》ですべりやすく、くきがつるつるしてつかみにくいので、のぼるのはたいへんです。

しかし、少《すこ》しずつふたりは魔法《まほう》のガーネットへと近《ちか》づいていきました。

いよいよカースティが頂上《ちょうじょう》にのぼりきろうとしたときに、つかんでいたくきがとつぜんおれまがってしまいました。

カースティはあわてて手《て》をのばすと、ほかのくきをつかんだのですが、くきはすぐにまっぷたつにポキリとおれてしまったのです。

「たすけて！」

カースティが、なんとかつかまろうとしながらさけびます。

「落《お》っこちちゃう！」

第《だい》3章《しょう》

こわいびっくり

「ほら！」

レイチェルが、カースティのほうに身《み》をのりだして、手《て》をのばしながらさけびました。

「手《て》をつかんで！」

カースティは、レイチェルがのばした指《ゆび》をぎゅっとにぎりしめました。

足《あし》をかけられるところを探《さが》しながら、心臓《しんぞう》はいまにもはれつしそうにドキドキしています。

「ありがとう」

カースティはしっかりとしたわらに

足《あし》をかけると、レイチェルにひっぱりあげてもらいながら、ふるえる声《こえ》でいいました。

ふたりはおそるおそる、てっぺんまでわずかな距離《きょり》をのぼっていきました。

そして、ついにレイチェルが勝《か》ちほこったようにさけびました。

「見《み》つけたわ！」

目《め》の前《まえ》によこたわっている、キラキラ赤《あか》く光《ひか》るガーネットを見《み》て、彼女《かのじょ》はひめいをあげました。

ガーネットはお日《ひ》さまの光《ひかり》をうけて、深《ふか》いバラ色《いろ》の光《ひかり》をほし草《くさ》の上《うえ》になげかけています。

「わあ！」

カースティが息《いき》をのみます。

妖精《フェアリー》の大《おお》きさになると、ガーネットはさらにりっぱに見《み》えました。

ふだんは、にわとりのたまごとおなじくらいの大《おお》きさのガーネットですが、いまは、レイチェルやカースティとおなじくらい大《おお》きいのです！

「スカーレット！」

ふたりはさけびました。

そして、スカーレットがこっちに気《き》づいてくれないかと思《おも》って、ほし草《くさ》の山《やま》のてっぺんで大《おお》きく手《て》をふりまわしました。

けれど、スカーレットは宝石《ほうせき》が見《み》つかったことにはまったく気《き》づかず、いっしょうけんめいに野菜畑《やさいばたけ》を探《さが》しているところでした。

すると、カースティにいい考《かんが》えがひらめきました。

「ガーネットをまわしてむきをかえたら、スカーレットまで光《ひかり》がとどくんじゃないかしら？」

カースティがいいました。

「そうすれば、気《き》づいてもらえるはずよ」

「それだわ！」

レイチェルもうなずきました。

「でも、これぜったい重《おも》いわよ。いっしょにもちあげないとむりだわ」

カースティが宝石《ほうせき》のかたほうを、そして、レイチェルがもうかたほうをもちました。

そして、カースティが数《かぞ》えます。

「いち……にの……さんっ！」

そして、ふたりが宝石《ほうせき》をもちあげてむきをかえると、バラ色《いろ》の光《ひかり》はスカーレットめがけてのびていったのです。

スカーレットはすぐにふりむくと、ガーネットをもっているふたりを見《み》つけて顔《かお》をかがやかせました。

「やったあ！」

そうさけぶなり、うれしそうにくるくるとまいあがりました。

「よく見《み》つけてくれたわ！」

カースティとレイチェルは、ガーネットを下《した》におくと、スカーレットに手《て》をふりました。

そのとき、魔法《まほう》の宝石《ほうせき》が少《すこ》しころがって、赤《あか》い光《ひかり》が野菜畑《やさいばたけ》の上《うえ》をおどり、そばに立《た》っているかかしの頭《あたま》の上《うえ》にキラキラときらめきました。

すると、いきなりかかしが動《うご》きだしたので、ふたりとも心《こころ》の底《そこ》からびっく

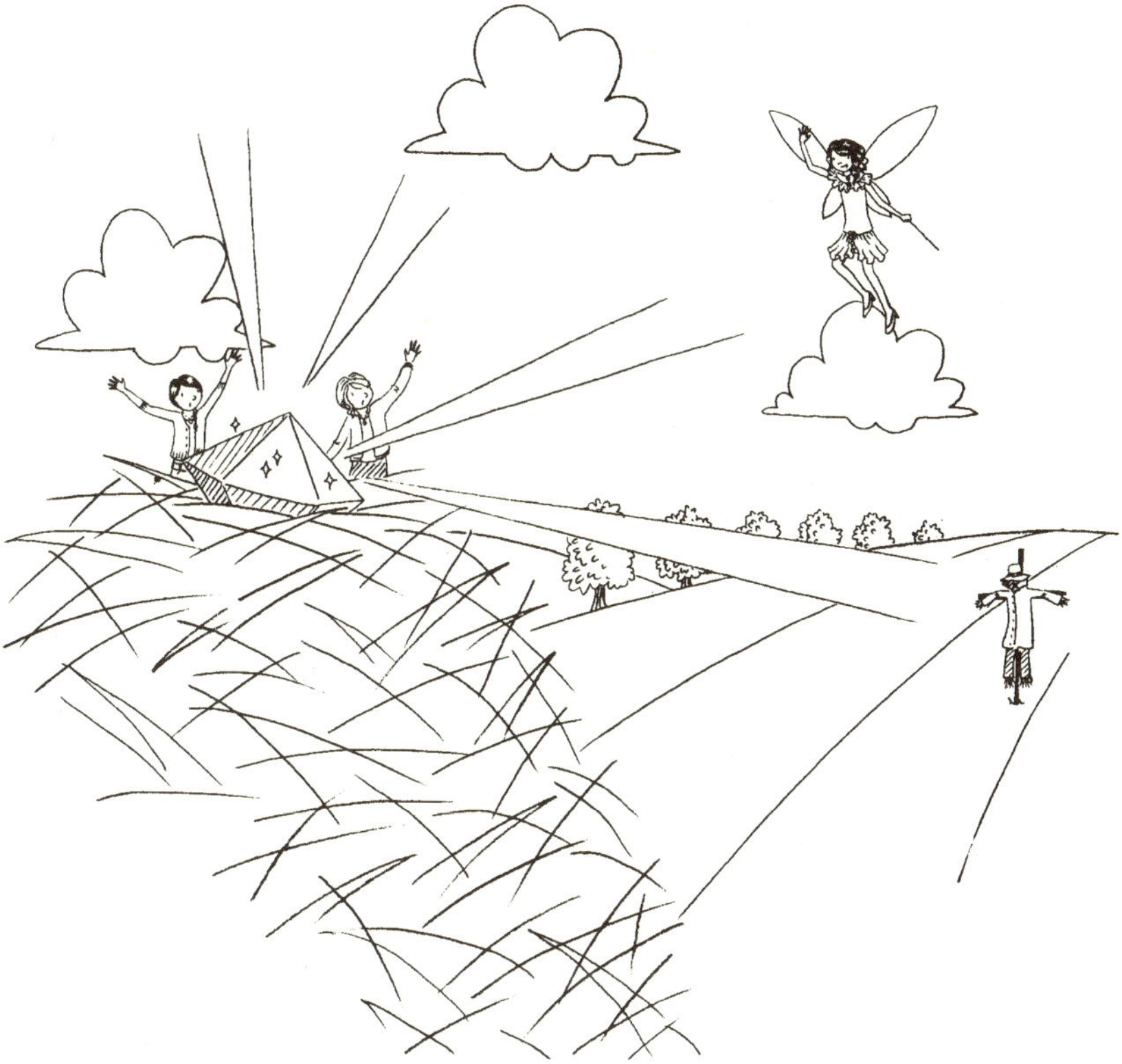

りしてしまいました。

レイチェルとカースティは、木《き》でできたスタンドから飛《と》びおりて、ほし草《くさ》の山《やま》へとかかしが歩《ある》きだすのを、目《め》をまるくして見《み》つめました。

「いったいどういうこと？」

レイチェルがたずねました。

「これも、妖精《フェアリー》の魔法《まほう》なのかなあ？」

「どうだろう」

カースティが首《くび》をひねりながら答《こた》えました。

「ガーネットには、こんな魔法《まほう》なかっ

たと思《おも》うけどなあ」

カースティは、かかしがぎくしゃくとした足《あし》どりでむかってくるのを見《み》て、とつぜん不安《ふあん》になりました。

「こっちにむかってる。いったいなにがしたいんだろう？」

レイチェルは目《め》を細《ほそ》めると、じっとかかしを見《み》つめました。

「ちょっとまって」

レイチェルがいいました。

「あのみどり色《いろ》のとがった鼻《はな》を見《み》て。あれ、かかしじゃないわ。ゴブリンよ！」

「やだあ！」

カースティが、びくびくしてレイチェルにしがみつきながらさけびました。

「見《み》て、あんなに大《おお》きい！」

「大人《おとな》くらい大《おお》きいわ」

レイチェルが、不安《ふあん》そうにくちびるをかみながらいいました。

急《きゅう》に、いままでにないくらい自分《じぶん》のことを小《ちい》さく感《かん》じました。

ふたりともこんなに小《ちい》さくて、ゴブリンがあんなに大《おお》きいのでは、どうやってガーネットをまもればいいというのでしょう？

「スカーレット、はやく！　こっちにきてガーネットを！」

レイチェルはひっしにさけびました。

スカーレットは力強《ちからづよ》い表情《ひょうじょう》をうかべて、全速力《ぜんそくりょく》で飛《と》んできました。

「いまいくわ！」

スカーレットがさけびます。

「ふたりとも、まってて！」

カースティは、まだレイチェルにしがみついたまま、ごくりとつばをのみました。

「見《み》て！」

そういいながら、かかしのほうを指《ゆび》さします。

かかしはいま立《た》ち止《ど》まって、長《なが》いコートをぬごうとしています。

そしてコートの下《した》からでてきたのは、たった一匹《いっぴき》のゴブリンだけではありませんでした。

一匹《いっぴき》の肩《かた》の上《うえ》にもう一匹《いっぴき》が立《た》っていて、二匹《にひき》もでてきたのです。

ぶるぶるとふるえながら見《み》つめるレイチェルとカースティの前《まえ》で、上《うえ》のゴブリンが飛《と》びおりると、二匹《にひき》はガーネットとふたりのほうめがけて思《おも》いっきり走《はし》りだしました。

第《だい》4章《しょう》

さらわれた!

「ここをはなれましょう」

カースティが顔《かお》をこわばらせてさけびました。

彼女《かのじょ》とレイチェルは、ガーネットを両方《りょうほう》からかかえながら、できるだけはやく、ほし草《くさ》の山《やま》をおりはじめました。

手《て》の中《なか》で、宝石《ほうせき》は力強《ちからづよ》いあたたかさをはなっています。

「指《ゆび》がぞくぞくする」

レイチェルが大声《おおごえ》でいいました。

「ねえ、これって……？」

けれど、レイチェルの言葉《ことば》はここでとぎれました。

ガーネットから、魔法《まほう》があふれだしたのです。

今度《こんど》はふたりとも大《おお》きくなっていきます。

足《あし》がぐいぐいのび、頭《あたま》が空《そら》へとむかっていくのを感《かん》じながら、ふたりはしっかりと宝石《ほうせき》をおさえていました。

とつぜん、さっきまでは大《おお》きな山《やま》のように見《み》えていたほし草《くさ》の山《やま》も、ただのほし草《くさ》の山《やま》にしか見《み》えなくなっていました。

もう山《やま》は、ふたりの体重《たいじゅう》をささえきれません。

「しずんでるわ！」

ほし草《くさ》の中《なか》へとしずんでいきながら、レイチェルがはっとしました。

「わたしたちが重《おも》すぎるからだ」

スカーレットが心配《しんぱい》そうな顔《かお》をして飛《と》んできました。

「ここを脱出《だっしゅつ》できるように魔法《まほう》をかけてみる！」

スカーレットはさけぶと、さっと杖《つえ》をひとふりしました。

しかし、赤《あか》いキラキラがたったひとつぶでてきて、弱々《よわよわ》しく草《くさ》の上《うえ》に落《お》ちるだけでした。

「うわわ、ゴブリンたちがきちゃう！」

スカーレットはなきそうな声《こえ》でそういうと、身《み》をかくすように、カースティとレイチェルの前《まえ》でぱたぱたとはばたきました。

「さーてさて、さーてさて」

かかしの中《なか》で下《した》に入《はい》っていた、背《せ》の高《たか》いほうのゴブリンがわらいます。

そして、ほし草《くさ》にうもれるみたいにしてもがいているみんなのほうを見《み》て、ニヤリとしました。

もうかたほうの、背《せ》の低《ひく》いゴブリンがそのすぐあとからやってきます。

「さあて、ガーネットをもらっちゃおうかなあ。ありがとさん」

ゴブリンはそういうと、レイチェルの手《て》からうばいとろうと手《て》をのばしました。

「だめ、そんなことさせないんだから！」

レイチェルはさけぶと、ゴブリンの手《て》がとどくよりもはやく、大切《たいせつ》な宝石《ほうせき》をほうりなげました。

「スカーレット、いったわよ！」

スカーレットは、すばやくガーネットをナイス・キャッチしましたが、人間《にんげん》の世界《せかい》では、もったまま飛《と》ぶには少《すこ》し重《おも》すぎるのです。

なんとかしようとひっしにはばたくのですが、宝石《ほうせき》の重《おも》みのせいでぐんぐん落《お》ちていきます。

カースティは、スカーレットがなんとか杖《つえ》を石《いし》にむけて、ふれようとしているのに気《き》がつきました。

杖《つえ》にまた、ものを大《おお》きくしたり小《ちい》さくしたりする魔法《まほう》をためようとしているのでしょう。

けれど、かわいそうに、宝石《ほうせき》にふれるより先《さき》に彼女《かのじょ》の手《て》が杖《つえ》からはなれてしまい、杖《つえ》はぽとりとかれ草《くさ》の上《うえ》に落《お》っこちてしまったのでした。

さいわい、二匹《にひき》のゴブリンたちよりもはやく、カースティが杖《つえ》に飛《と》びつくことができましたが、そこでおそろしいことがおこってしまったのです。

背《せ》の低《ひく》いほうのゴブリンが、頭《あたま》にかぶったままだったかかしのぼうしをさっとぬぐと、落《お》ちてくるスカーレットの下《した》にさしだしたのです。

「たすけてえ！」

スカーレットは暗《くら》いぼうしの中《なか》へと落《お》ちていきながら、どうしようもなく、ひめいをあげることしかできません。

「つーかまーえたっ！」

ゴブリンがうれしそうにいいました。

「ガーネットと妖精《フェアリー》だ。オマケつきときちゃったもんね！」

「ちょっと！」

レイチェルが、かれ草《くさ》をけちらしてどかそうとしながらさけびました。

「いますぐスカーレットを返《かえ》しなさいったら！」

「いやなこった！」

二匹《にひき》のゴブリンはイヒヒとわらうと、走《はし》ってにげだしました。

カースティとレイチェルが、かれ草《くさ》の山《やま》からなんとかぬけだそうとしているあいだに、ゴブリンたちはスカーレットとガーネットの入《はい》ったかかしのぼうしをもったまま、野原《のはら》をかけだしました。

うれしそうにうたう二匹《にひき》の歌声《うたごえ》が、カースティとレイチェルにも聞《き》こえてきました。

「キラキラガーネット
ぜったいおうちにゃ帰《かえ》れない。
ジャック・フロストはおまえらを
フェアリーランドにもどしやしない。
キラキラ光《ひか》る妖精《フェアリー》の魔法《まほう》もこれっきり」

「もどってきなさい！」

カースティが怒《おこ》った声《こえ》でさけびます。

「レイチェル、ておくれになっちゃう前《まえ》に、あのかしのぼうしを手《て》に入《い》れるわよ！」

第《だい》5章《しょう》

犬《いぬ》の救《きゅう》出《しゅつ》隊《たい》

レイチェルとカースティは、ほし草《くさ》の中《なか》をぬけだすと、なにかスカーレットをたすけるのに役《やく》にたつものはないかと、ひっしにあたりを見《み》まわしました。

すると、カースティの目《め》がクラウドとボタンを見《み》つけました。

そういえば、むかし、ゴブリンたちが犬《いぬ》をこわがっていたのをおぼえています。

「まって」

カースティはそういうと、頭《あたま》をフル回転《かいてん》させました。

「きっと、ボタンとクラウドが役《やく》にたってくれるわ！」

どうやらもう犬《いぬ》たちも、すっかりおなじことを考《かんが》えているようです。

二頭《にとう》ともリードをぐいぐいひっぱりながら、ゴブリンたちにむけてほえています。

「さあ、おねがいよ」

レイチェルは、ボタンのリードをはずしてあげながらいいました。

「ゴブリンをつかまえに出発《しゅっぱつ》よ！」

「クラウド、あなたも」

カースティがリードをはずしながらいいました。

「さあ、ふたりともたのんだわよ！」

クラウドもボタンも、もうすっかりわかっています。

いさましくほえ声《ごえ》をあげながら、二頭《にとう》とも猛《もう》スピードでゴブリンたちにむかって走《はし》りだしました。

かかしのぼうしをもったゴブリンは、うしろをふりむくと、犬《いぬ》たちに気《き》づいてひめいをあげました。

「いそげえ！」

と、もう一匹《いっぴき》にさけびます。

「かかしの台《だい》にもう一回《いっかい》のぼるんだ！」

二匹《にひき》のゴブリンは、かかしになりすますことに使《つか》った、木《き》のスタンドに大《おお》いそぎでかけもどると、よこの棒《ぼう》にひっしによじのぼりました。

「ワン！　ワン！　ワン！」

ボタンとクラウドが、楽《たの》しそうにほえながら飛《と》びあがり、ゴブリンたちのつま先《さき》をなめようとしています。

「ひえええ！」

背《せ》の高《たか》いゴブリンが、ひめいをあげて足《あし》をひっこめます。

「シッシッ！　この犬《いぬ》っころめ！」

カースティとレイチェルも走《はし》ってきました。

「ぜんぶ、おまえがわるいんだぞ」

背《せ》の高《たか》いゴブリンが、もうかたほうに文句《もんく》をいっているのが聞《き》こえます。

「ここにのぼろうっていったのは、おまえなんだからな！」

「なにいってんだ。おまえがもうちょっとはやく走《はし》っていれば、いまごろこんなところとはおさらばしてたんだい」

背《せ》の低《ひく》いゴブリンが文句《もんく》をいい返《かえ》します。

「さてさて、ごきげんいかが？」

カースティは、まだうれしそうにゴブリンたちを見《み》あげながら遊《あそ》びたがっているクラウドとボタンを、ぽんぽんとたたいてやさしくたずねました。

「いいわけないだろ！」

背《せ》の高《たか》いゴブリンがふきげんそうに、ぴしゃりといいました。

「犬《いぬ》っころをなんとかしやがれ！」

背《せ》の低《ひく》いゴブリンがそれにつづいていいました。

「そんなのだめよ」

レイチェルが楽《たの》しそうに答《こた》えました。

「でも……」

「なんだ？　なんだ？」

ゴブリンたちが声《こえ》をそろえていいました。

「スカーレットをはなしてくれたら」

カースティがいいました。

背《せ》の低《ひく》いゴブリンはじっと考《かんが》えながら、ざらざらとしたみどり色《いろ》の頭《あたま》をぼりぼりとかきました。

「わかった」

ようやくゴブリンが答《こた》えます。

「妖精《フェアリー》ははなしてやる。でも、ガーネットはおれのぼうしの中《なか》にいれたままだからな」

「わかったわ」

ふたりはうなずきました。

レイチェルは二頭《にとう》の犬《いぬ》の首輪《くびわ》をつかむと、そこをはなれました。

「さあ、スカーレットをはなしなさい」

レイチェルがいいました。

ゴブリンは用心深《ようじんぶか》く、スカーレットが飛《と》びだせるくらいにぼうしの口《くち》を開《ひら》きました。

彼女《かのじょ》はそのすきまから飛《と》びだすと、カースティの肩《かた》にまいおりました。

「ありがとう」

カースティに杖《つえ》を返《かえ》してもらいながら、スカーレットがいいました。

「あのぼうしの中《なか》、ひどいにおいなんだから！」

「さてと、まだ宝石《ほうせき》はおれらがもってるんだからな」

ゴブリンはえらそうにそういいながら、ぼうしの中《なか》に手《て》をいれると、たしかめるようにガーネットをたたきました。

「こいつもほしかったら……うわあ！」

ゴブリンがいきなり、びっくりしたようにさけびました。

「いったいどういうこった！」

カースティ、レイチェル、スカーレットの三人《さんにん》は、そろってゴブリンを見《み》つめました。

そして、みんなでクスクスとわらいだしました。

「ガーネットのせいね」

スカーレットがわらいます。

「二匹《にひき》ともどんどんちぢんでいるわ！」

そのとおりです。

みんなの目《め》の前《まえ》で、背《せ》の低《ひく》いゴブリンもどんどんちぢんでいっていたのです。

「たすけてくれ！　こいつを止《と》めてくれえ！」

ゴブリンは小《ちい》さな声《こえ》でひめいをあげました。

もう一匹《いっぴき》はそれを見《み》てゲラゲラわらっていましたが、それも長《なが》くはつづきません。

木《き》のスタンドの上《うえ》には、大《おお》きなゴブリンが一匹《いっぴき》、そして小《ちい》さなゴブリンが一匹《いっぴき》。

バランスはみるみるくずれていきます。

「うわあ！」

背《せ》の高《たか》いゴブリンが、落《お》っこちながらさけびました。

「たすけてえ！」

第《だい》6章《しょう》

ゴブリン脱走《だっそう》

ドスン！

地面《じめん》に思《おも》いっきりぶつかるゴブリンをよけるように、ふたりはうしろへと飛《と》びのきました。

「ゴフッ！」

ゴブリンが息《いき》をきらしました。

「このばかガーネットめ！」

「ワン！」

犬《いぬ》たちがかけよっていて、楽《たの》しそうにゴブリンをなめまわしながらほえました。

「ワン！　ワン！」

ヒーヒーわらいながらゴロゴロころげまわるゴブリンの姿《すがた》に、レイチェルもカースティも、思《おも》わず笑顔《えがお》になりました。

「くすぐってえ！」

ゴブリンが大声《おおごえ》をだします。

「くすぐってえってば！」

カースティはふと、ガーネットのことを思《おも》いだしました。

彼女《かのじょ》は、すっかり小《ちい》さくなってしまったゴブリンがまだおりられずにいる、かかしのスタンドのところにかけもどりました。

そしてその手《て》から、いともかんたんにぼうしをとりあげてしまいました。

「やったあ！」

カースティの手《て》の中《なか》できらめくガーネットを見《み》て、スカーレットがうれしそうにさけびました。

「すごいわ、カースティ！」

「やったわね！」

レイチェルがわらいました。

「これでふたつめ」

ふたりとスカーレットは、農場《のうじょう》のたてもののほうに歩《ある》きだすと、ゴブリンたちからじゅうぶんはなれてから、犬《いぬ》たちをよびもどしました。

スカーレットは、注意深《ちゅういぶか》く杖《つえ》で魔法《まほう》のガーネットにふれると、さっとふりました。

野原《のはら》にキラキラかがやく赤《あか》いフェアリーダストがまいちり、ガーネットが笑顔《えがお》になります。

「これでいいわ」

と、ガーネットがうれしそうにいいました。

メェー！　メェー！

ひつじたちがぱっと元《もと》の大《おお》きさにもどりました。

クラウドもボタンも、いったいどこからあらわれたんだろうと、不思議《ふしぎ》そうにそれを見《み》つめています。

クラウドは、まだ空中《くうちゅう》にただよっていたひとつぶの赤《あか》いキラキ

ラをクンクンかぐと、いきなりそれが鼻《はな》のところではじけて、おどろいて飛《と》びあがってしまいました。

カースティは、くるりとくりの木《き》のほうを見《み》てみました。大《おお》きなくりの実《み》はすっかり消《き》えています。

そして、野原《のはら》のまん中《なか》にあるものはいったいなんでしょうか？

「ジョンソンさんのトラクターだわ！」

レイチェルがわらいました。

「ガーネットのせいで小《ちい》さくなっていたんだ。おもちゃを見《み》つけたのおぼえてる？」

カースティは、トラクターのタイヤのところで、赤《あか》いキラキラが少《すこ》しだけ光《ひか》って消《き》えるのを見《み》てほほえみました。

「これで、ジョンソンさんのきげんもすっかり元《もと》どおりになるわね」

カースティがうれしそうにいいました。

「オベロン王《おう》とティタニア女王《じょおう》も、あたしがこのガーネットをもっていったらよろこんでくださるわ」

スカーレットがいいました。

小《ちい》さくなっていたゴブリンも、元《もと》の大《おお》きさにもどっていました。

スタンドからおりて、もう一匹《いっぴき》とドシドシ野原《のはら》をさっていくそのゴブリンを、ふたりとスカーレットは見《み》つめました。

なにをいっているのかまではわかりませんでしたが、またけんかをしているのだけはまちがいありません。

スカーレットがおかしそうにわらいました。

「これで、もうあいつらに会《あ》うこともないわね」

スカーレットがまんぞくそうにいいました。

そして、もういちど杖《つえ》でふれると、ガーネットは赤《あか》くきらめくフェアリーダストの中《なか》で、ぱっと消《き》えてしまったのでした。

「これでガーネットも無事《ぶじ》にフェアリーランドに返《かえ》ったのね」

レイチェルは、ガーネットの消《き》えたあたりの空気《くうき》が、ほんの少《すこ》しぴかぴか光《ひか》ってから元《もと》どおりにもどるのを見《み》ると、ほっとしたようにいいました。

「さてと、あたしもいかなくっちゃ」

スカーレットはそういうと、ふたりとだきあってさよならをいいました。

「レイチェルもカースティも、たすけてくれてほんとうにありがとう。ほかの魔法《まほう》の宝石《ほうせき》たちも、すぐに見《み》つかるといいわね！」

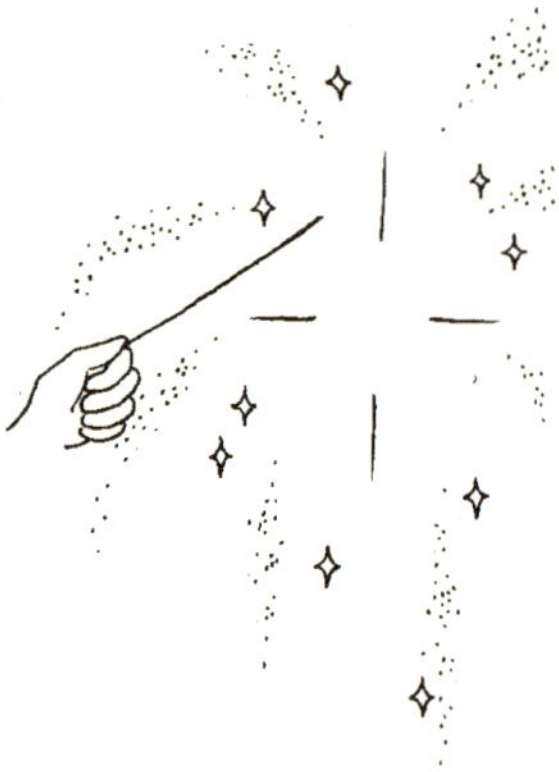

ふたりは、フェアリーランドにむかって飛《と》んでいくスカーレットに手《て》をふりました。

「ふー」

レイチェルは、農場《のうじょう》のたてものが近《ちか》づいてくるといいました。

「あぶなかったね。ガーネットもスカーレットも、ゴブリンたちにもっていかれちゃうかと思《おも》ったわ」

カースティは、クラウドの毛《け》むくじゃらをやさしくなでてあげました。

「スカーレットとガーネットが無事《ぶじ》だったのは、ほんとうにこの子《こ》たちのおかげね」

カースティがほほえみながらいいました。

レイチェルがカースティにわらいかけます。

「いこう」

レイチェルはそういうと、かけだしました。

「もうおなかがペッコペコ。ジョンソンさんのところに、まだプラムがのこっていればいいんだけど」

「そうだね」

カースティも家《いえ》のほうに走《はし》りながらいいました。

「あそこまで競走《きょうそう》だよ！」

レインボーマジック
宝石《ほうせき》の妖精《フェアリー》

インディアとスカーレットの宝石《ほうせき》が無事《ぶじ》もどりました。
レイチェルとカースティが次《つぎ》にたすけるのは、

エメラルドの妖精《フェアリー》エミリーです！

すてきな言葉《ことば》を書《か》いてみよう

スカーレット、
はやく！
こっちにきて
ガーネットを！

いまいくわ！

RAINBOW magic

RAINBOW magic

スカーレットからのもんだい　わかるかな？

①あたしたちがおとずれた農場《のうじょう》の名前《なまえ》は？

---

②ほし草《くさ》のそばを通《とお》ったふたりは、どうなってしまった？

---

③ふたりはあたしに、どうやってガーネットの場所《ばしょ》を教《おし》えてくれた？

---

④ゴブリンはなにに変装《へんそう》していたかな？

---

⑤あたしたちをたすけてくれた二匹《にひき》の犬《いぬ》の名前《なまえ》は？

宝石《ほうせき》の妖精《フェアリー》たちといっしょに、キラキラの宝石《ほうせき》をおぼえよう！①

知《し》っている宝石《ほうせき》はあるかな？
キラキラした宝石《ほうせき》の名前《なまえ》や、
たんじょう石《せき》と意味《いみ》をおぼえてみてね！

Moonstone

ムーンストーン

たんじょう石《せき》と意味《いみ》：6月《がつ》　じゅんすいな愛《あい》

Garnet

ガーネット

たんじょう石《せき》と意味《いみ》：1月《がつ》　真実《しんじつ》 友愛《ゆうあい》

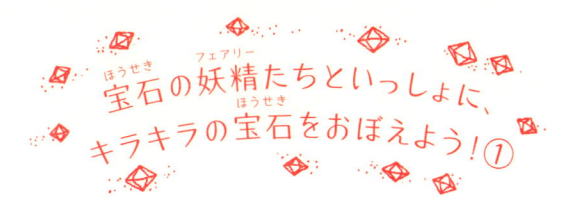

レインボーマジック第《だい》1〜3シリーズ　内容紹介《ないようしょうかい》

第《だい》1シリーズ　虹《にじ》の妖精《フェアリー》

妖精たちの世界《フェアリーランド》に色《いろ》をとりもどして!!

レイチェルとカースティは、夏休《なつやす》みに訪《おとず》れたレインスペル島《とう》で、ぐうぜん、小《ちい》さな妖精《フェアリー》ルビーを見《み》つけます。ルビーはおそろしいジャック・フロストに呪《のろ》いをかけられて、人間《にんげん》の世界《せかい》に追放《ついほう》された虹《にじ》の妖精《フェアリー》たちのひとりでした。レイチェルとカースティが、ルビーにつれられてフェアリーランドにいくと、そこは色《いろ》のない白黒《しろくろ》の世《せ》界《かい》。ふたりはジャック・フロストの呪《のろ》いをとき、フェアリーランドを色《いろ》のある平和《へいわ》な世界《せかい》にもどすため、7人《にん》の妖精《フェアリー》を探《さが》すぼうけんの旅《たび》へとでかけます!

①赤《あか》の妖精《フェアリー》ルビー

②オレンジの妖精《フェアリー》アンバー

③黄色《きいろ》の妖精《フェアリー》サフラン

④みどりの妖精《フェアリー》ファーン

⑤青《あお》の妖精《フェアリー》スカイ

⑥あい色《いろ》の妖精《フェアリー》イジー

⑦むらさきの妖精《フェアリー》ヘザー

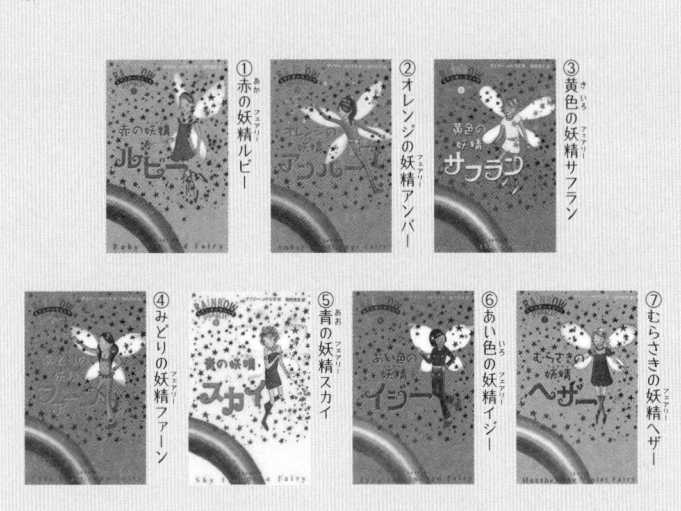

第《だい》2シリーズ　お天気《てんき》の妖精《フェアリー》

たいへん！　魔法《まほう》の羽根《はね》がぬすまれちゃった！

風見《かざみ》どりドゥードルの魔法《まほう》の羽根《はね》をとりもどしに、
レイチェルとカースティのあらたなぼうけんの旅《たび》がはじまります！

⑧雪《ゆき》の妖精《フェアリー》クリスタル

⑨風《かぜ》の妖精《フェアリー》アビゲイル

⑩雲《くも》の妖精《フェアリー》パール

⑪太陽《たいよう》の妖精《フェアリー》ゴールディ

⑫霧《きり》の妖精《フェアリー》エヴィ

⑬雷《かみなり》の妖精《フェアリー》ストーム

⑭雨《あめ》の妖精《フェアリー》ヘイリー

第《だい》3シリーズ　パーティの妖精《フェアリー》

妖精《フェアリー》たちのパーティ・バッグをまもらなくっちゃ！

フェアリーランドの記念式典《きねんしきてん》を無事《ぶじ》に成功《せいこう》させるため、
妖精《フェアリー》たちといっしょに力《ちから》をあわせて、魔法《まほう》のバッグをまもります！

⑮ケーキの妖精《フェアリー》チェリー

⑯音楽《おんがく》の妖精《フェアリー》メロディ

⑰キラキラの妖精《フェアリー》グレース

⑱おかしの妖精《フェアリー》ハニー

⑲お楽《たの》しみの妖精《フェアリー》ポリー

⑳お洋服《ようふく》の妖精《フェアリー》フィービー

㉑プレゼントの妖精《フェアリー》ジャスミン

作《さく》　デイジー・メドウズ

訳《やく》　田内《たうち》志文《しもん》

埼玉県《さいたまけん》出身《しゅっしん》。文筆家《ぶんぴつか》。大学《だいがく》卒業後《そつぎょうご》にフリーライターとして活動《かつどう》した後《のち》、渡英《とえい》。

イースト・アングリア大学院《だいがくいん》にてMA in Literary Translationを修了《しゅうりょう》。

『BLUE』(河出《かわで》書房《しょぼう》新社《しんしゃ》)、『Good Luck』『Letters to Me』

『TIME SELLER』(ポプラ社《しゃ》)、『THE GAME』(アーティストハウス)

などの訳書《やくしょ》のほか、絵本《えほん》原作《げんさく》やノベライズも手《て》がける。

現在《げんざい》はスヌーカーの選手《せんしゅ》としても活動《かつどう》しており、
JSAランキング4位《い》。2005、2006年《ねん》スヌーカー全日本《ぜんにほん》選手権《せんしゅけん》ベスト16。

2006年《ねん》スヌーカー・ジャパンオープン、ベスト8。

2006年《ねん》スヌーカー・チーム世界《せかい》選手権《せんしゅけん》、日本《にほん》代表《だいひょう》。

2007年《ねん》タイランド・プロサーキット参戦《さんせん》。

装丁《そうてい》・本文《ほんぶん》デザイン　藤田《ふじた》知子《ともこ》

口絵《くちえ》・巻末《かんまつ》デザイン　小口《おぐち》翔平《しょうへい》（FUKUDA DESIGN）

DTP　ワークスティーツー

レインボーマジック㉓　ガーネットの妖精《フェアリー》スカーレット

2007年《ねん》11月《がつ》10日《か》　初版《しょはん》第《だい》1刷《ずり》発行《はっこう》

著者《ちょしゃ》　デイジー・メドウズ

訳者《やくしゃ》　田内《たうち》志文《しもん》

発行者《はっこうしゃ》　斎藤《さいとう》広達《こうたつ》
発行《はっこう》・発売《はつばい》　ゴマブックス株式会社《かぶしきがいしゃ》
〒107-0052 東京都《とうきょうと》港区《みなとく》赤坂《あかさか》1-9-3 日本《にほん》自転車《じてんしゃ》会館《かいかん》3号館《ごうかん》
電話《でんわ》 03-5114-5050

印刷《いんさつ》・製本《せいほん》　株式会社《かぶしきがいしゃ》 暁印刷《あかつきいんさつ》

ISBN 978-4-7771-0784-1

ゴマブックスホームページ
http://www.goma-books.com/